哲学最根本的技术就是：
理解自己的理解。

开卷·书品

——见地

开卷读书会　著

哈尔滨出版社
HARBIN PUBLISHING HOUSE

图书在版编目（CIP）数据

开卷·书品 ： 见地 / 开卷读书会著． -- 哈尔滨 ：
哈尔滨出版社， 2023.4
ISBN 978-7-5484-7174-5

Ⅰ. ①开… Ⅱ. ①开… Ⅲ. ①散文集－中国－当代②诗集－中国－当代 Ⅳ. ① I217.1

中国国家版本馆 CIP 数据核字（2023）第 066919 号

书　　名：开卷·书品——见地
KAIJUAN · SHUPIN——JIANDI

作　　者：开卷读书会　著
责任编辑：韩金华
封面设计：树上微出版

出版发行：哈尔滨出版社（Harbin Publishing House）
社　　址：哈尔滨市香坊区泰山路 82-9 号　　邮编：150090
经　　销：全国新华书店
印　　刷：武汉市籍缘印刷厂
网　　址：www.hrbcbs.com
E-mail：hrbcbs@yeah.net
编辑版权热线：（0451）87900271　87900272
销售热线：（0451）87900202　87900203

开　　本：787mm×1092mm　1/32　印张：4　字数：54 千字
版　　次：2023 年 4 月第 1 版
印　　次：2023 年 4 月第 1 次印刷
书　　号：ISBN 978-7-5484-7174-5
定　　价：48.00 元

写给读者

很高兴《开卷·书品——见地》与大家见面。

《开卷·书品——见地》是开卷读书会的第一本集体作品，是开卷读书会以书的形式面向社会的文化展示。

《开卷·书品——见地》体现出了开卷读书会成员各自的文化风格，同时更希望与有缘的读者们形成文化互动和文化交流。

关于开卷读书会

（开卷）

开卷读书会是一个以文化性阅读为主题的微信群形式的读书会。

开卷读书会定期选读一本文化性图书，以腾讯会议的形式进行图书介绍或导读，并在微信群中定期发布导读问题。图书的内容介绍、观点分享以及导读问题，会上传到“开卷空间”微信公众平台。

关于“开卷·书品”

（开卷）

“开卷”是开卷读书会的主体名称。“书品”之名是指作为出版物的书，书中的作品是读书会成员（以及特约作者）的原创作品。

一、自由呈现

自由呈现个人作品是开卷·书品的根本目的。从某种意义上说，这与个人画作面向社会的自由呈现一样。

如果不是为了“学术”，为什么不能自由呈现自己真正感兴趣方向上的作品呢？也许因为各种条件限制，很多个人的有灵感和有感染力的作品无法（或者也不愿单独）直接向公众呈现。这时候，可以将已有的作品以书品为依托呈现出来。

就作者个人而言，如果书品中个人的作品形成了规模并具有了一定的成熟度，可以以独立的知识产权形式另外出个人版作品集。从这个意义上说，书品也是个人作品的“孵化器”。

二、文化呈现

开卷·书品的主题是文化呈现。实际上，任何有灵感、有感染力的作品都是有意义的文化呈现。甚至也可以说，原创作品都是有文化含金量的。

开卷·书品认可的关键词是：原创、自由、个性、灵感。

开卷·书品会以系列的形式持续推出。热情

邀请愿意呈现个人作品并与公众交流的原创作者加入开卷·书品。加入方式是灵活的，可以加入开卷读书会，也可以仅以特约作者的身份进行作品呈现。

联系方式：

电子邮箱：kaijuandushuhui@163.com

微信名片：

文化性阅读
——开卷读书会的基本定位

（开卷）

一、专业教育的狭隘性

现代教育侧重于专业性和技术性，而弱文化性。这里说的“文化性”，特指超出专业限制的一种综合性视角的理解。

过于专业化的分科往往会让人形成这样的姿态：我在我的专业领域我就有发言权，非在我的领域就没有关于本领域的发言权。这样的姿态的消极后果是专业之外的人不敢也不愿涉及其他专业，而专业之内的人实际上往往也只是在一个非常小的范围进行了一下细研而已，让其说一说其专业的意义，往往也是身在庐山之中而不知其面目。

因此，不受专业范围的限制，关联各学科而综合地理解一个主题、论题或话题，是文化性阅读的一个基本原则。

二、为什么需要文化性阅读

对电脑运行速度的衡量主要依靠两个核心器件，一个是CPU，一个是内存。CPU强调速度，内存强调容量。要运行大型软件，内存容量就体现出至关重要的作用：内存不够，CPU再强，也运行不了。

接受高等教育后，个体的自我提升主要是通过自学。而文化性自学面临的最现实的问题就是：“看不懂”。

为什么看不懂？很大的原因在于文化容量不

够，形不成深广的参照性理解背景，因而看不明白当前所读的书的主题是什么，和什么有关联，说这些有什么意义。或者说，这本书的论述框架和尺度已经大于和超出了读者的阅读内存。

既然看不懂，也就不愿看了。这样一来，一个人的文化视野和理解空间也就很难再生长。因此，培养自己有效的文化空间（以扩大文化内存），是自我教育和文化修养的关键。

三、如何进行文化性阅读

一般来说，我们看到一个陌生的东西时，往往喜欢近而观之。而对于文化性阅读，更推荐远观。近观可以理解为用放大镜看，远观可以理解为用望远镜看。

要理解一个东西，就要先看到这个完整的东西，然后才能看到这个东西的内部关联以及与外部其他东西的关联。这就首先需要用望远镜。

文化性阅读和专业性研读的重要区别之一，就在于后者更要求精深，而前者更要求广泛的关联。

文化性阅读的意义，首先在于看到所阅读的主题在其他外部论题的参照下处于怎样的位置，然后再是看到所阅读的主题其系统内部是如何展开的。很多的阅读困难在于，还没有进行远观参照，就急着用放大镜追究其中与自己经验相关的细节，结果始终没有明白主题整体的意义。

四、关于读书会的书目选取及理由

书目选取的首要标准是经典。其次，所选书目的特点是综合性强。这种综合性主要体现在涉及的论题鲜明具体，论述的内容涉及诸多领域（历史、地理、政治、经济、文化、军事、思想）。

这种综合性阅读的好处是，让读者不囿于一隅，开放地、多维度地了解和理解一个具体的主题或问题。

当然，过程可能有些痛苦。经典阅读、综合性阅读不是快餐，需要反刍。陌生的东西一开始人人都有抵触感，但第二次、第三次接触后就会有亲切感和接纳感。

通过学习打开视野不是一蹴而就的。将日后所读经常性地与之前所读联系，进行联合印证，才能打开更大的视野。

五、外围阅读与书库

为了能有更多机会联合印证，需要围绕一个主题建立阅读书群。

对于读书速度，一年十几本书已经很好。但

就文化视野的扩展来说，还需要外围书目进行配合。

外围书目和已读书目形成呼应，这样的好处是能够对相关主题形成完整理解。

目　录

Contents

哲学这一回事·〇

（一）哲学的诞生

哲学这回事的诞生，就在于生命的主观。这种永远未知和开放的感知性，其本身就是哲学的实质，也是哲学的动力。

（二）哲学的发现

哲学这回事的存在在于当事者无法理解自身。

现实上，人们争相追求身外直接的东西，却发现无法理解自身的意义。而这直接导致最无意义的：当事者将自身作为身外可理解的东西来对待。

（三）哲学的技术

因而，哲学最根本的技术就是：理解自己的理解。

（开卷）

哲学这一回事·一

（一）发问

有了生命的主观，就有发问。

当人发问时，人就进入了哲学。有些问题得以解决，就诞生了科学和技术。有些问题无法解决，就处于哲学状态。

有些发问并没有提出问题，只是保持一种发问的态度——这就是哲学的态度。

（二）保有

因此，作为智慧，哲学在于保有一种玄：对未知本身之为未知的保有。

（三）追求

当然，哲学因此又有了另一个方向，那就是追求对未知的终极认识。

（开卷）

哲学这一回事・二

（一）界限

在生活中，哲学出现于我们发现和意识到我们的经验和知识的界限。我们又进一步发现，这个界限的改变，会在根本上影响我们对世界和生活的意义的理解。

怎样的理解的界限，怎样的世界的意义呈现。

（二）揭示

哲学揭示思想的局限——不仅是对思想内容的局限的揭示，更是对思想本身的局限的揭示。

（三）自身

不过，哲学这一回事的存在，根本上在于主观无法理解自身。

（开卷）

哲学这一回事・三

（一）属于

每个人都有其哲学，不管他是否喜欢“哲学”。

甚至，他不喜欢“哲学”本身，也往往是基于一种哲学态度。

说每个人都有其哲学，就是说每个人都有出于其自身主观的对生活、世界和他自己的非他莫属的看法和理解。

（二）认识你自己

人的生活，非他莫属的就是他的性格和空间。

理解自己的性格，才能通向自身的空间。

（三）启蒙

知识本身未必能带来启蒙。

启蒙在于发现自己对世界的理解不仅仅在于外来的知识，而更在于发于自身的自主理解的生长。

（开卷）

哲学这一回事·四

（一）世界

我们从来都看到了世界，因而从来就已经有了一种“观”。

（二）世界观

通过“观”来理解世界，就形成了世界观。

考察通过“观”的世界和“观”本身，就是哲学世界观。

（三）自己的世界观

当一个人发现他自己的世界观实际上是可以

通过自己创生的时候，他具有了哲学的独立。

通向自己的世界观，就是创造性地成为你自己。

（开卷）

哲学这一回事·五

（一）旁观者

哲学往往被人认为远离生活。这是因为哲学生活在生活的边缘。甚至可以说，哲学生活在一切存在的边缘。

无论是生活，还是知识，还是世界，哲学都生活在这些的边缘。

（二）旁观者清

哲学的旁观者态度，其意义在于旁观者清。

越旁观在边缘，越能看到整体。

虽然在现实上不能达到整体，但在整体上进行理解，这是哲学的追求。

（三）反思

对思想的旁观，就是反思。

反思既是一种态度，也是一种技术。

（开卷）

文化随谈

（一）

生活不单单是生活。如果说生活如鱼，那么文化如水。

（二）

文化的根本是感官和空间。将感官的空间打开，是文化的根本。

（三）

文化的人文性，在于感性空间的积累所带来的意义感。

（四）

文化是空间取向的。能带给人以空间的，就是文化。

（五）

在某种意义上，文化区别于道德的地方在于：道德通的是心，文化通的是空间。

（六）

如果说，文化的重要特征在于开放，那么文化与认同刚好是相反的：认同往往在于对非开放的东西的认同。

（七）

文化的根本特征是对符号间的关联的关注。由此形成的更关键的文化特征是超越性：符号层面对事实层面的超越。而原始性，没有这种超越性。

（八）

在缺乏文化的情况下，自然表现为蛮荒。蛮荒是由于个体只以自己的个体具体性面对具体的外界。文化所具有的超越性和开放性，使人具有了自由和世界，因而有了时空的深广性。这种深广性使自然不蛮荒，而自在。

（九）

贪婪在于无底无限。贪婪的原因，在于：不贪婪，无意义。贪婪的条件性原因，就在于没有其他意义给贪婪本身带来意义，因而只有进一步的贪婪才能带给贪婪以意义。而文化，就在于带来意义。

（十）

文化的表现之一是游戏的参与。游戏的两个特征是互动与游戏规则。一个社会的文化性，恰恰也就在于这两点：互动和尊重游戏规则是相辅相成的。互动因尊重游戏规则而更有意义，尊重游戏规则本身又是为了互动。一个社会没有文化性，往往就表现为没有互动，而变本加厉的，还破坏游戏规则。

（十一）

文化是一种建设，或者说，建设促成了现实的文化的生长。建设，要求一个生态性的通畅机制。

（十二）

在社会层面上，文化就是社会生态本身。

（十三）

文化的形态表现为文字—符号以及载质—模式。文化相当于社会之经络。人对意义的不追求，导致社会的经络不畅。

（十四）

一种社会文化中暗含着一种深刻的信仰。

（开卷）

意义随谈

（一）

当我们看到了完整的东西，就接近达到一种意义。

（二）

意义对于生活而言，在于基于生命的感性的确认。

（三）

意义，表现为持久、内涵、归属。

（四）

意义具有实质性，这种实质性被感官所承载。感官总是创造性地感到了什么，名之以意义。

（五）

得意忘言。言语关涉了意义，但非意义本身。

（开卷）

茶性与黑白

茶在于定性与韵。

定性在于不移、深刻，韵在于透亮、深远。

“知其白，守其黑”。定性与韵，就是茶性之黑白。

（开卷）

脸庞

脸庞体现了人对其文化空间取向的保持。

（开卷）

好远好近

有与无之间，
好远

有与有之间，
好近

无处于有之间，
好远好近

（开卷）

路边，自在回归

路边，
有一小片围起的静林

车来往于路，
使得旁边静默自在

这种静默，
是空间性的消退
却带来了静林的切近与回归

（开卷）

生命间的沾染

生命间的沾染，
湖边，和路人、小狗的不经意而过

大家都在感受生命间的沾染

（开卷）

心野遇见光芒

谈说间，
心中之言遇见了霞日照耀

光芒正进入心野，
打开了空间

（开卷）

云天，雨地

雨过微晴，
浅洼的地面雨水潭潭连接
水面反透出稍有耀眼的自然的亮光

人们沿着水面边缘小心而怡然地走步
没有了往日的躁气

（开卷）

挖土，猫

在树池旁蹲着挖土种红薯，
大黑猫从旁边不紧不慢地绕过

两个同志不期而遇，
大黑猫淡然地观顾我，
敏捷地蹬上细长光溜的树干上了房顶

就剩下我，
继续挖土种红薯

（开卷）

单纯

单纯的真正意义在于对世界的敏感。

（开卷）

俗

俗，在于以条件为根本前提来理解意义和价值，而代价就是有了沉重的负担。

为什么沉重？因为回退于对现实条件下的有限所有的保有，却因而无法再指望进一步空间的可能。

俗，没有看到任何东西都自有其空间，而只是自己负担了没有空间的存有。

（开卷）

笑

笑的实质，在于松活，或者说，从呆板的正常中摆脱出来的松活。

人们见到小动物都会会心地笑、轻松地笑。这是因为小动物的行动是活跃的，切近而无规定的，带动了你的感觉的松活。

呆闷的空气中微风拂过，有一种放松和滋润的感觉。

典型的是一个人突然摔了一跤，旁观的人往往忍俊不禁，滑稽小丑往往就是起到这种效果。与此相关的，一辆车在通行的路上却由快变慢成为蜗牛速度，好像快停到路中央一样，堵得后面的车大声按喇叭，你看到前面这辆车就好笑。

当你看到一个大壶旁边有一个超小壶，这种由大到小的对比立即导致大壶所撑出的空间松活出来。

常见的冷笑、讥笑，也都是这种以大见小而产生的空间松活感。甚至，绝望之中的大笑也是因为导致绝望的巨大格局与现在的小情况的相衬而产生的空间的松活。

（开卷）

愚蠢

愚蠢在于对效率的无敏感。

为什么要对效率敏感？因为效率在于生产。愚蠢的人根本和生产不沾边，而尤其表现为无所事事，更以无所事事为是。

因而，愚蠢在于对心的效率无敏感。心的效率就在于心的感性与理解的生长。而愚蠢的人基本上无视、自任心的泛白和无聊化。

愚蠢的人的可怕之处在于：与善无缘，极有可能因丁点儿小利而犯恶，而且麻木且坚决。原因在于，心的不生长，对生产的不敏感，使其自身已经没有了获得的能力。

（开卷）

真是什么

就空间而言，越能三百六十度无死角地接近一个东西，那这个东西就越真。——因而，真蕴涵了自由。

就时间而言，走得最远的，就是最真的。——因而，真蕴涵了使命。

以上两点合起来，真却也蕴涵了：珍惜当下。

（开卷）

谦虚与自卑

谦虚带来独立，独立带来真正的对权威的挑战。

而对权威的依附性崇拜的目的，是让这种权威成为自己的最强代理人，这直接导致真正的自卑。

（开卷）

修养与界限

修养的意义，在很大程度上与一个人自身的界限相关。

修养之一在于，保有自己的界限而不盲目地突出其外以导致唐突和冲撞。

修养之二在于，理解和善意地保有他人的界限，而不是去挑破。

修养之三在于，以开放的态度拓展自己的界限，而不是囿于其中。

（开卷）

意义与价值

人的生活，如果不自行创制其自身的意义，那么，就会被他人创制的价值所规约。

意义和价值，其关系在于，后者来自他人，前者来自自己。

价值，恰恰对自己是封闭的：其所有权和解释权永远不在自己。

意义，却永远是对自己开放的，甚至，意义就是关涉自己的开放性本身。

（开卷）

德性与意义

水中的有些鱼的鳍长而优雅。鳍长而优雅的好处是可见的，但对于鱼自身而言却是无所谓价值的，因为，其鳍和其存在是一个东西，都是唯一生存中的东西。也因而，可以理解价值是人对自身不具有的东西的追求。而反过来，德性的意义，恰在于对自身有好处的东西的意义必然永远是向着和融于生存本身的。

（开卷）

哲学与科学

科学使人在无知中摆脱蒙昧。哲学使人在有知中摆脱执迷。

（开卷）

五四·青年

雨点敲打在心尖
少年奔跑在心田
闪亮漫长的“童年”
混合奢望的明天
渗透忧郁的欢颜

微风吹不翻云烟
弱履走不出阑珊
深夜一点半
是夜不是眠
你说的希望守望着春天

（风的俘虏）

笼

破晓
入夜
日月光
穿过婆娑

笼里
笼外
笼中人
行过千里
漫长的旅途以及疲惫的导航

像做了一个长得不能再长的梦
层层叠叠着
难以清醒
冒出一身冷汗

小心翼翼
轻声唤醒自己
重新武装命运的战衣
我们生而有命
却总爱画地为牢
任凭游离的渴望在外寻欢作乐
不知归期

如果灵魂的拷问会有声音
那一定是胸口爆裂出的忏悔
那一定是我的出口
向上生长
发出重生后狂喜的笑声

（风的俘虏）

目空词

白昼黑夜浮生能觅
红花绿柳目空以对
走马观花把酒行歌
落花流水烟雨自归

（风的俘虏）

我

没有漂亮的侧影
没有傲人的曲线
没有惊艳的体重

谁能挡住我的朝霞
谁能偷走我的夕阳
谁能让我不能自我

吾本野香生乡间
奈何命眷搏天涯
莫嫌经过无人传
总有破浪慰藉安

（风的俘虏）

行

缕缕寒风入骨
秋意忽去
似雨非雪无影
冬情未就

几望春夏忆茫茫
四季歌尽杯中酒
本是阳关孤独客
何求聚散三千愁

（风的俘虏）

倒影

我
细品着
一杯普洱茶
留下好看的余底
借束午后暖暖的斜阳
偷偷变成为倒影的茶壶盖
镜头里仿佛要停止的片刻
成了心头琢磨的短句
念想成诗的模样
慢淌了时光
沉吟着
你

（风的俘虏）

半城孤品

风不平
浪难静
休思薄眠

落英在怀
舞雪于魅
梨花伴忧露

洋洋忘归处
寂寞杯中留
煮酒海角天涯

（风的俘虏）

秋

薄霜已覆秋叶
飞花更忆梦蝶
寒雁未留啼别
佳人却失思魄

（风的俘虏）

描——自言自语

老腰老腿老皮囊，自言自语自画像。
难得糊涂多健忘，面目可憎龙钟样。
佝偻邋遢眉眼垂，志消意懒神无光。
缺齿漏风吐不清，翁汉心暮难撑祥。

（容锥斋）

描——圈人圈心

含蓄腼腆又内敛，见人吐言难轻讲。

独龙不容三皮匠，群虫窝斗费思量。

勾心内耗不谦让，内外有别护脸庞。

身手只有方寸能，孤赏疑斧还雪藏。

（容锥斋）

Ciao amore

星期天的天气简直糟透了。

毫无预兆的，一场突如其来的大雪随着成团成团厚重的乌云覆盖下来，那云的颜色是极深的蓝，蓝得发黑，如同深海中死去的一群群巨大的鲸，触目惊心的白色雪花就是他们翻起来的肚皮。

是的。天气不好。可是萧伯纳的命运之神却向我微笑。虽然这北方的风，像刀锋似的往我的肺叶里钻，睫毛也被这漫天的、单调的白色冻结了，但我异常高兴。因为我也同他似的遇见了十桩得意的事：

- 收到了蒋先生的一封信。

- 失联很久的朋友寄给我一只样子很蠢的等身长录音熊，录的是理查德·克莱德曼的钢琴曲《秋日私语》——他自己边弹奏边录的。

- 收到了蒋先生的一封信。

- 我已经在分析苏联解体的原因的时候找到了全球化的新视角，感觉开辟了思维上的一个新天地。

- 收到了蒋先生的一封信。

- 夜晚梦见夕阳洒落在阳台上，照耀着我生机勃勃的绿色仙人掌们，其中一棵还开出了玫红色的小花儿，心里想念着蒋先生。

- 收到了蒋先生的一封信。

- 收到了蒋先生的一封信。

• 收到了蒋先生的一封信。

• 收到了蒋、阿蒋、小蒋、蒋蒋、蒋宝儿、甜甜蒋——在家门口掉了漆的红色信箱里——收到了蒋蒋蒋蒋蒋先生的一封信。

我欢喜得片刻都不想待在暖烘烘的房间里，不想躺在软绵绵的床上，这对我来说太堕落了，所以我现在走在大街上，嘲笑着因被雪打湿了外套而变得狼狈不堪的外套里的鸭绒——它们可笑地一簇簇地黏着纠缠在一起——准备买一枚沾满了娇艳欲滴的红樱桃和甜腻柔软的巧克力的蛋糕。

街边人并不多，偏偏身后传来一声不合时宜的刺耳喇叭声，司机是个五十岁左右的大叔，他冲我叫道：“小姑娘靠边走一点！我车子要过去停啦！”大概是由于下雪的原因，他喉咙里卡着痰般不清不楚又沧桑低沉的声音传到我耳朵里的时候有些闷闷的，并且没有一点延长的回音，像电话被生生掐断了似的干净利落。我象征性地往右边挪了挪，心下想起托尔斯泰的一句话：

“人生唯有面临死亡，才会变得严肃，意义深长，真正丰富和快乐。”勇敢者选择活着直面惨淡单调而痛苦的现实生活，懦弱者选择死亡接受浪漫永恒并纯粹的黑暗世界。大约因为死去要比活着容易许多，没人真的懂得死亡的奇妙奥义，人们谈死色变，将死亡看作一种黑色瘟疫，遇见都要绕远道而行。事实是，人们惧怕死亡。

不，人们怕的从来都不是死亡，而是“不知道”。人是需要去感知的动物，即便不死，若对任何事物都麻木不仁，没有一丝一毫的感受，既不欢喜也不悲痛，那么这时刻无疑是人生中最凶险的。相比起来，未知似乎都不算是可怕了，人们怕的终究是无知罢了。

我扶了扶被雾气蒙住的眼镜，一转念回忆起中学时物理学得并不好，所以也只是模糊记得下雪时会显得这样安静是因为雪花会吸收声音。

啊，不远处是我经常光顾的小便利店，那家店里的灯光有些昏黄，照得货品的卖相都不怎么好，之所以经常光顾也只是因为这里比较近，而我比较懒散，不愿意走太多的路。

一团火一样明媚的小身影正对着店里的某人挥动着短短的手臂，奶声奶气地重复着“再见——再见——”他的父亲爱怜地牵着他另一只手，温柔地说着：“走吧，不要一直说再见却不迈开步子，这样永远没法儿真正地道别。”

父子俩的声音在这安静的雪天显得有些突兀得不真切。

谁真的与谁道别过呢？曲终未必人散，有情自会重逢。除了死别，任何生离恐怕都不能够称为诀别吧。人总是在分别的时刻才回忆过去，只有这种时刻才能将所经受的一切苦难转化为甜蜜的记忆反复品味。“假若他日相逢，我将何以贺你？以眼泪，以沉默。”拜伦这样猜测着，感慨着。也许最美的总是遗憾，可是遗憾也总有被填补的一天。

我跺跺脚，将鞋子上白茸茸的积雪踢掉，推开西点店的门。终于到了目的地，情绪莫名激动起来，欢乐的感觉开始在胸腔里来回撞击，连呼吸都变得匆忙了。此刻我的脑袋里只有甜蜜蜜的小蛋糕——被天花板上晶莹剔透的水晶灯照耀的软绵绵的奶油总是充满了诱惑力，那样性感，充满灵性。

正专心挑选的时候，手机忽然“嗡——”地震动了一下，我拿出来看，噢！是蒋先生的短信！店里强有力的暖气烤得我的脸颊一阵滚烫，不用照镜子我都知道它们此刻一定通红。调整了一下闷热的呼吸，点开这条未读消息，上面是工整的楷体字，规规矩矩地显示着：

“别了，我红石榴般的姑娘。”

许是暖气的原因，我柔软的毛线帽子上的积雪开始融化，想必一定积了不少雪，它们化成了带有浓烈矿物质气味的水渗入我的头发里，又顺着我的脸颊肆无忌惮地流下来，我慌乱地用手掌去擦，却还是弄得湿漉漉的，十分凌乱。

店铺里响起邓丽君甜美的歌声，唱的是那首我最爱的《南海姑娘》——“年纪轻轻只十六半，旧梦失去有新侣作伴。”我拿着一枚沾满了娇艳欲滴的红樱桃和甜腻柔软的巧克力的蛋糕去结账，想起一个许久未见的叔叔曾经评价邓丽君的歌曲好是好在没有怨气，即便唱的是“证明你一切都是在骗我”这样的句子。他说邓丽君的歌从不渲染情绪，到了一定的年龄会觉察，不在情绪的深渊边上推人一把，是一种道德。

我推开店门准备走的时候，头顶上脏兮兮的玩具猴子发出一声因电量不足而有气无力的“欢迎光临”，着实吓了我一跳。有些恼火地，我再次步入这冰天雪地中，雪似乎下得更大了些。沿途走，这条路上已经空无一人了，比来时更加寂静。

天气简直糟透了。这么想着，又忆起塞林格写过的一封情书，里面有这么一段：

“有人认为爱是性、是婚姻、是清晨六点的吻、是一堆孩子，也许真是这样的，莱斯特小姐。但你知道我怎么想吗？我觉得爱是想触碰又收回手。”

我抬头看看深蓝色的天，伸出舌头捉着雪花玩，人们总在歌颂爱情，因为它的永恒，人们又总在谩骂爱情，因为它的转瞬即逝。突然想起了什么似的——我掏出手机——手指冻得有些僵硬了，点开蒋先生的名字，一个字一个字地输入：

“你便尽管忘了我罢。”

（云想衣裳）

黑猫

大约是由于顶喜欢记忆。

我的记忆深处有一只老掉的黑猫，很老了，因为它那一身漆黑如夜的缎子似的皮毛中间夹杂着星星点点的白色，不似杂质的白，而是衰老的白，是那种——被寂静的岁月沉淀过的沧桑的白。

它肥胖而跛扈，大概是因为肥，也可能是因为老，走起路来总是慢吞吞的，用十二三岁刚学会的成语来讲的话，应该叫作“步履蹒跚”，一点儿也没有朝气。走上两步小短腿就突然一拐，“咕噜——”一下在地上打个滚儿躺下了，有调皮的小孩子去逗他，它倒是极没有礼貌，摆出一副普天之下唯我独尊的模样，连尾巴都懒得摇一下——就是这样一只自以为是并且毫无存在感的黑猫。

而我记得它，在某个早晨，在某个我尚且没有进入花季年龄并且虽然刮着微凉的风，阳光却特别灿烂的初春的早晨。它来得突然。

是的我记得它，因为它有一双碧绿碧绿的眼睛，极为精灵，幽深幽深的，仔细看的时候仿佛能看到油腻腻的水草在瞳孔周围飘荡，看得久了便会发现，那其实是一个巨大的黑洞，充满欲望的黑洞。因我时常会从中感到某种强度大而剧烈的吸引，继而，一种充满诱惑力的，放肆而狡黠的恶意在我浑身的血管中蠢蠢欲动，又慢慢从我肌肤上的毛孔里溢出来——我想把它们剜出来，把那双充满罪恶的眼睛剜出来，做一对碧绿碧绿的招摇的耳环。

我说我顶喜欢记忆，因为我顶喜欢黑猫，黑猫是我的爱人，我顶喜欢我的爱人。

黑猫只跟我说话，这似乎很好地满足了我某种病态的占有欲——即便我并非控制狂。交谈的时候它总是宛如一个保守而纯洁的君子矗立在离我不远处，不似懒洋洋地躺在粉红色的向日葵丛里那样邋遢，它以一种贵族式的腔调，用某种令人嫌恶的，又或者被自我控制过的悲伤的语气，缓缓地说“人生啊——若——只如初见——”我喜欢这种语气，苍老，无助，悔恨，虚弱，忧愁。

通常我会贪婪地盯着它那对碧绿碧绿的眼珠子，带着点欲求不满应和着“要人生若初见作甚，不如相看两不厌。”它便颤抖着——颤颤巍巍地伸出他那在泥土里爬动过的毛茸茸的肉垫轻抚我的嘴唇，我喜欢他柔软肉垫上的味道——干掉的旧泥土混合着凋落了的蔷薇花瓣的甜美气味，带着点潮湿、危险、探究和未知。于是我咬咬他的指甲，像品尝只存在于梦里的甘霖。

我从来不曾见过它的微笑，就像它从没有看穿我拼命压抑着的赤裸裸的欲望，我想要，发疯似的想要，想要得要命，想要他那双碧绿碧绿的眼睛，想霸占，想显摆，想炫耀，几乎要着起火来。我吃惊于它竟看不到我身体里被烧得通红明亮的内核，它只专注于跟我的对话，是那种平淡无奇甚至有点乏味的对话，用那种苍老凄惨的语调。

“你怎么看待荷马史诗？怎么看待《忏悔录》？”它问。

“今夜我们不谈学术。”我涂着妖娆的鲜红色指甲油，像血液最初涌出的颜色。

“你怎么看待济慈？怎么看待海子？”它问。

“今夜我们不谈诗歌。”我脱掉白色的比基尼，解开最后一枚纤细的蝴蝶结。

“那么，我们来谈谈丘吉尔的黑狗吧？”它说。

“今夜我们不谈忧郁。”我拿出美丽的鹅黄色丝带慢慢把他捆起来，像在包扎我小小的黑漆漆的影子。

“你要什么？”它终于把目光转向我，盯着我，那对碧绿碧绿的眼珠子明朗地放射出动人心魄的幽亮幽亮的光芒。

“我要爱情。”它突然笑了，迷人的微笑，那双碧绿碧绿的眼睛里漂浮的软绵绵的水草变成了根根分明的硬朗的玫瑰刺，没有玫瑰。我剜出了他的眼睛。欲望指使我做的。没有血。那碧绿碧绿的宝石闪烁着静静躺在我的手心，跟我决堤的泪水一起，美得令人心悸。

大约是由于顶厌恶记忆。

我说我顶厌恶记忆，因为我顶厌恶黑猫，黑猫是我的爱人，我顶厌恶我的爱人。

它是那种苍老、肥胖并且跛扈的猫，他走上

两步小短腿就会突然一拐，“咕噜——”一下在地上打个滚儿躺下，有调皮的小孩子去逗它，它向来是极没有礼貌的，永远摆出一副普天之下唯我独尊的模样，连尾巴都懒得摇一下——就是这样一只当我第一眼看到就想微笑，看得久了却想痛哭的黑猫。

爱情啊——不忍心听你哽咽，就割断你的喉咙。

“我爱你。”没有碧绿碧绿的光芒，黑猫用那真正的黑洞盯着我，喃喃地说着。

（云想衣裳）

陈皮

别了，我挚爱的乡土！
那些红似灯笼的珍果
竟也如江流般
归向了四面八荒

命运呵！
既然已慷慨准许我远离故土
为何又残忍地将我剥离

让我离开那些水嫩的兄弟
留我独自在风里
阳光里　灰尘里
一步步　磨挫着我的皮肤
并最终夺去我
对于自身身份的认同

若干年后
当我以旧模样回归
当我遇见滚烫的井水
款款吟唱时
空气里
忽然就有了楚地的气息
和一个掩面哭泣的人

（李迁）

在高原

在高原
除了风、雪
能肆意活着的　委实不多

绿　要在立夏后　偷偷露面
花　怎敢把自己裸露在风里
只有贴近墙角的碧桃枝上
挂了几束颤巍巍的薄

花圃里　枯皴的老枝费力吐着新芽
柔弱的彤管　匍匐在小灌木的郤里
那些细碎的绿叶子
点缀这枯黄的黑

一切都是难的

在高原
一切都是难的
艰难地活
看吧　那蒲公英柔弱的茎头上
命悬一线的花
已准备好　朝向青天
唱一首《白头吟》了

（李迁）

无题

一盏灯　亮了一宿
没照见　几个回家的酒鬼
自然也无法　和落地的雪花
打声冒着冷气的招呼

出了楼门的人
一头扎进　无尽的空里
脚下延展的路　同样没有尽头
偶尔抬头
却发现
一轮圆月
因为遥远　竟无法使他
觉得冰冷

（李迁）

像光

用言语
款款地训导
还辅以微笑

像光
像温暖本身

用戒尺
狠狠地惩戒
还加上恶语

像光
是温暖本身

每一个老师

如每一缕阳光般
在温暖着个别事物的同时
也会不小心灼伤一些
害怕阳光的事物
比如苍苔
比如冰屑

（李迁）

小窗

明净的小窗
总予人以无限风光
远山静默　太阳初升
甚至鸟雀摆出阵仗

这样的慷慨
时日既久
我惊觉其中含有骗局

滤去了声响
只展示世界的局部
而我却已把它们
当成了宇宙本身
不存任何疑问地

（李迁）

一本书

能单纯抵抗时光的
事物不多
书
勉强可算是一种

书中　有不老的容颜
但可能不归你独有
书中　有神奇的往事
但你只能遥望

一旦你较起真来
书就会施展魔法
变得让你难以辨认出
它的真实面目

（李迁）

欲·遇·狱

摇篮里，
呱呱坠地的婴儿，
用初开的眸子打量着周围的世界。
他的小鼻子一张一翕，
呼吸着世俗的空气；
他的小手一次次地抓挠着，
对着世俗的空气。
每一次都像是抓住了什么似的，
紧紧地，攥住。

大人们开心地在摇篮旁，
兴奋地看着这一切。
“瞧，小家伙在练力气呢！”他们说。

其实，

我想，
他只是闻见了，
欲望的味道。

如果说，每个人都是一台机器。
那他的燃料一定是欲望。
欲望注入躯体，
机器轰隆隆地开动，
在大地上不停地奔走，
去遭遇形形色色的人和事。

所谓相遇，
不过是两台被欲望驱动的机器，
在不经意间的交会。
或伴行甚远，或擦肩而过。
终究，都会沿着欲望指示的方向，
隆隆地开去。

如果说，每个人都是一个囚徒。
那他的监狱一定叫欲望。

欲索缠在身上，
囚徒浑然不觉。
刚戴上的装饰叫枷锁，
戴久了的枷锁叫装饰。
欲望，是每一个囚徒身上的，
看不见的文身。

人生一场，
不过是欲望驱动下，
千万次的相遇。
人去楼空，繁华散尽。
相遇变成回忆，
欲望变成空气，
弥漫在囚徒自己打造的铁栏里。

资深的囚徒是沉静的，
沉静地呼吸着欲界的空气。
沉静地看着刚戴上枷锁的菜鸟，
奋力地挣扎，徒劳地哭泣。

“你不想出去吗？”
“你不想知道铁狱之外的风景吗？”
“你不想遇见什么新鲜的人或新鲜的事吗？”
筋疲力尽的菜鸟问那老囚。
欲界浑浊的空气中，
飘来老囚浑浊的声音：
这铁狱之外，
还是铁狱！

想要一个人忘掉你，
就成为她最讨厌的样子，
让她带着怨恨离开，
要好过带着美好怀念。
从此，江湖两忘。
不欲，不遇，无狱。

思念是有毒的，
欲望的毒，
足以致命。

关闭欲望的按钮，
从来都在我们自己身上，
有些人找不到，
有些人找到了，
却又舍不得按下去。

（一骥红尘）

人生梦里

在梦里，
我总是一个人，徘徊在或熟悉或陌生的街巷，
拼命地，
寻找一个，记得有或相信有，
却怎么也找不到的出口。

在路上，
有很多陌生的面孔从身边走过，
他们的身影不似我，
这般孤独；
他们的表情不似我，
这般落寞；
他们的眼神不似我，
这般凄惶。

我想和他们说话，
却又不敢，
一个陌生人的唐突会得到怎样的回复？
我想向他们点点头，
却又觉得可笑，
即便得到一个温暖的眼神又如何？
还不是要擦肩而过？
还不是要一个人走？

后来，
我的世界渐渐热闹了起来，
我无意间结识了自己，
一个在现在，一个在未来，
另一个，在过去。
过去的那个，很轻狂；
现在的这个，很迷茫；
未来的那个，很幸福。
过去那个和未来那个常常吵架，
现在的这个常常吼他们闭嘴。

再后来，
我终于找到了一个出口，
街面很开阔，阳光很明亮，
空气里弥漫着小店里的香味儿。
那是我熟悉的地方，
身边走过的是曾经熟悉的面孔，
我想，我终于可以和他们说话了。
然而，
我却不知道该说些什么。

在被迫孤独了许久之后，
我一不小心，
习惯了孤独。

梦醒了，
夜深，人寂。
窗外，大年初二的灯火宁静而柔和，
像极了故乡的样子。

打开手机，

想给谁发一个拜年的信息，
最终，还是按下了息屏的电源键。

暗夜中，
现在的我在凝望，
过去的我在酣睡，
未来的我在低语。

（一骥红尘）

红尘偶感·村居

国庆假期，回乡下老家度假。乡村静好，生活闲适，日日午后皆得小睡。某一日，醒来时，已是红日西沉。得《如梦令》一首，以记其事。

浓睡微风轻送，一过寂然幽梦。觉起日夕垂，庭院柳闲风定。何幸，何幸，七日小村偷静。

（一骥红尘）

记忆中的村里的傻子们

为什么每个村子都会有个傻子或者疯子？平凡的世界里有个人老说时世要变了，人们总报以哄堂大笑。在我的记忆中，有那么几个村，每个村都有个很有特色的傻子。

一、超嚷贵儿

我们村有个叫“超嚷贵儿”的，大家都那么叫他，我并没有亲眼见过，他来源于祖母绘声绘色的表述，和亲见也没啥两样。这个傻子很爱去白事帮忙，谁家有白事都去哭，跪下就哭，让哭爹就哭爹，让哭妈就哭妈，村里人总爱拿他逗笑。

二、金牌迎宾

金牌迎宾的名号是我起的，在我们镇里的响泉村，是在同事的婚礼上见的。这个傻子嘛，个子不高，瘦瘦的，斜着那双非斜不可的眼睛，站在同事家的大门口，嘴里叼着半截烟，同事说这是我单位的同事，傻子的小斜眼立马像聚光灯一样锁定我，欢欣地奔过来，抓起我的手使劲摇，口里一叠声地说同事好。若是个同学，还是一样的程序，就说同学好，是领导就说领导好。只见一面就印象很深，我给取了个别号叫“金牌迎宾”。后来，再次碰到这个同事，又想起他家门口的傻子，按捺不住地问，你们村的金牌迎宾怎样了？他笑了笑，人家啊，混高级了，不当迎宾了，去一个赌博场子当招待了。后来村上禁赌，不知傻子去哪了。

三、王牌监督

这个傻子来自广岩沟。第一回见她是在广岩

沟的村委会院子，她像圆规一样站着，笑得很纯真，穿着当年时新的花连衣裙，不过脏兮兮的。别人问谁买的这么好看，她就捉起裙摆羞涩地笑。傻子不会说话，但会捡瓶子。别人感叹，傻归傻，丈夫知道疼她，也算命好。她丈夫不哑，只是内向话少，比她灵光些，能做简单的活。只可惜他们的儿子也是智力不健全的样子，不会说别的，只会边捡瓶子边喊瓶瓶，瓶瓶。村里派傻子监督卫生，阻止乱丢垃圾，给她发个工作牌，她就别在腰上，一幅很自豪的神情。没想到傻子干得比明白人还好，看有人往排洪沟丢垃圾，就呀呀哦地揪住不放，指着腰上的工作牌，看得排洪沟干净得不得了，再也不是垃圾丢满的样子。村上的初衷只是给傻子派个活干，没想到她会干得那么出色，她成了一个让人敬佩的傻子，傻也傻得有尊严。

生逢盛世，傻子疯子们总归不会过得太糟，都有低保兜底，村上供养的。他们同样演绎着多姿多彩的人生，他们也是我们平常日子的点缀，也许，有时候，他们比我们这些入世的人，心里明白。至少，他们通常不做恶，单纯且善良。

（血碧）

两个傻子

两个傻子在街头碰见。

一个说，哇，这个人好傻呀。另一个说，这个白痴。

这两句话都是在心里说的，所以，二位标准地面带微笑，相视而过。

小结论：请不要打扰傻子清修。让彼此做个快乐的傻子。

世间有太多的误会，太多的意见。傻的，疯的，装的，想太多的，都太多了。

就一句：大家累不累呀？

答曰：累并快乐着。

（志庆）

愿

愿，
每个人能依自己的秉性，
锻炼自己的能力，
使自己能自立，
亦能助人。

在人生路上，
不勉强别人，
不委屈自己。

愿，
人人能守规矩，
人人能承担自己担着的责任，
以此考虑，
以此行履。

如此，

人人可证，

不忧不惧，

自在解脱的快意人生。

（志庆）

认知漫谈·一
——从开始说起

昨晚，在家重新看 BBC 一部讲文明的纪录片。

在远古时代，人类在岩洞中，蘸着颜料，拍下了自己的手印。

同时，还留下了一些粗糙的动物的壁画。

根据解说，人类的自我意识在这个时候开始觉醒了。在晚些的时候，人们开始做一些雕塑。这些雕塑，有的很粗糙，有的比较精美。但是大部分都在刻画人，动物，或者半人兽的内容。

有趣的是，全世界范围内，在陵墓、庙宇中都发现了各种壁画和雕塑。

由此，我想到了开始和后来。

所谓开始，是指人类认识发生以来，不断探索的过程；所谓后来，是指人类认识形成体系以后，不断表达的过程。

回顾我们作为人类一路走来的过程。

从拍下一连串手印开始，我们开启了自我意识的觉醒。自此以后，我们就很自然地会想了解更多，干得更好。因为早期社会条件很艰苦，食物很短缺，寿命非常短，未知和威胁都很多。

这个时候，就不难理解，为什么早期艺术品刻画的大多是丰乳肥臀的女性；肉肉多的动物；繁华的死后生活；高大威猛的神祇；奇奇怪怪的妖怪。

因为没有，所以羡慕；
因为羡慕，所以崇拜；

因为崇拜，所以祭祀。

与此同时，

因为未知，所以恐惧；
因为恐惧，所以妖化；
因为妖化，所以驱邪。

早期的宗教，都有祭司、人巫师、婆罗门这一类人物。他们负责探究天意、问卜吉凶，主持祭祀和驱邪。

所谓开始以来，就是早期人类对生命、自然的初步探索过程。

有趣的是，这种探索在全世界范围内都出现并形成了非常相似的社会结构元素，即现实的社群元素和超越现实的宗教元素。

（志庆）

认知漫谈·二
——人文认知的发端

生物认知的发端

在新生儿从孕育到诞生的九个多月时间中，生命体构建了完整的感官和生命支持系统。

离开母体后，孩子启动了肺呼吸，及通过母乳进行能量摄取。在此过程中，孩子饿了会哭，困了会睡，身体也以惊人的速度在成长发育。

此过程，许多动物亦兼而有之。这里面反映出早期感官系统和生命完善及支持系统之间的内在关联和实时互动关系。此时的思维和生理机能基本受到生物物种的制约，可以说是人类生命体的底层逻辑架构。

需要注意的是，在这段时间相应的五大感官系统也在迅速发展，并跟外界发生高频的互动。在其他人员的影响下，孩子对各种事物有了概念和认知，可以主动地与外界和他人互动。

这个过程与此前最初的阶段最大的不同是主动和自动的差别。生命最初是根据内嵌系统自动运作，往后一个阶段是基于概念和认知，结合自动运作的主动行为。

人文认知与生物认知

不得不说，幼儿这一过程的思维能力和自觉能力很多动物也基本具备。但是，二者的差别在于孩童在观念储备和应用观念的能力上要远远高于动物。

所谓人文认知，本质上就是一套基于观念的逻辑推演系统和习惯。人类社会的诸多文化形式也可以理解为多种认知系统和传统。

各种认知系统存在着信息处理方式的差别。有趣的是，诸多系统有时处理的是相同的范畴，它们的处理结果却存在着很大的差异。

由此，认知本质上是观念和思维构建的结果，也是大脑模块对信息加工处理之后的判断。

（志庆）

作者与读者感言

云想衣裳：

开卷是一个让人感到放松和自由的空间，它陪伴我度过了很多焦躁不安的不成熟的时刻，在这里我获得的是想象力，包容力和理解力。在与志同道合之人的交流沟通中，不断提升文化上限，发掘真我，这大概是人生中最简单却又最难做到的事。世事纷杂烦扰，保持热情和个性，无非就是在同伴信任和理解的目光里，说些温暖的废话；无非就是在匆忙慌乱又背满压力的生活里，写点自己真正感兴趣的所思所想，透上一口气；无非就是排除杂音，正视自己的内心和文化取向，勇敢表达自己。学术严谨也好，天马行空也罢，在开卷，终于可以摆脱价值评判，不慌不忙，不惊不惧，也终于能够相信，你把心里的热血洒在哪，哪里就会开出茂盛的花。

容锥斋：

天地之广大而心独居斗室，斗室虽仅容锥，然能立足已足矣！心田自耕不辍，方能不现荒芜。心性自新不止，才能涤除玄览。人多自顾不暇，却又好为人师。描者，静心观心，洞察人己言行，纠察天人之际，视天人合一，看人我如一，浑然一体，不分彼此。人之言行即我之言行，人之心性即我之心性，观人即观己，观外即观内。心自察之，内自省之，观影怜己，体心悯人。常内视则自新，常省思则无过，常反观以健强，常明诚以至善。斗室之心能常思想，只言片语欲动人心，言者自体，观者自感，求其心音共鸣而已矣。

一襆红尘：

红泥炉火沸晚晴，尘埃落尽化心茗。遗诗成曲和琴唱，记予光阴作远朋。人生一世，草木一秋；飘飘荡荡，人海扁舟。红尘万丈，云烟缈缈；喜怒哀乐，心曲悠悠。得之于心，成之于笔；美芹之献，才浅何羞。

志庆：

常言道：开卷有益。身处娱乐喧嚣的红尘俗世，阅读和思考已然是很奢侈的事情。但是，这里有群可爱的人，坚持开卷之风气，实在是难能可贵的事。书中所辑，乃平素所思所想，所议所论，皆为一家之言，本不足论。如若能入人法眼，会心一笑，则亦与开卷之宗旨相契矣。

李迁：

首先，感谢遇到开卷，感谢这些文字获得了面世的机会。虽说都是不好的呓语，但总归也是自己的东西，敝帚自珍的同时也希望能接受大家的批评。当老师这么多年，唯一庆幸的是自己一直没有放弃阅读，因为阅读又认识一些朋友，开阔了视野，放低了姿态。所以，朋友，阅读吧，我们一起！

开卷：

当代人最不缺的是文化，最缺的仍然是文化。真实的文化空间的打开，是开卷读书会的初衷，也是开卷•书品的旨趣。

血碧：

不论学什么，可能不至于参禅悟道，但是让人能稍微多开些“慧眼”，正确地面对诱惑，处理得失，让心态更平和，既不傲慢，也不自怨自艾，无论顺境逆境，都可安然度过，处在云端也能考虑到落地的事情，虽然不能成佛成圣，但也可有大智慧了。

牛仔裤：

为什么要读书？只是追求广博的知识和青云妖娆的词语来掠获他人时间，还是弥补心里的缺失？其实这就已没有了脉搏跳动，失去了生命迹象罢了！吸口大麻独自狂欢？大多数人只是想成为一个聪明或智慧的人，但却为自己建造了一座封闭城堡，变成全副武装的斗士。那到底为了啥？每个人应该都会有自己的答案，伴随开卷至今给我最好的回应是：“认识自己无知，给生命留一个缺口！”

风的俘虏：

犹记得2021的夏天，和姬宁老师相识。像老朋友一般，在夏夜晚风里，畅饮着，也畅聊着。我们说着诗、诗的个性、诗的自由，以及诗人忧伤外表下积极入世的摇滚内核精神。难忘的夏季，以及难忘的交谈，共性共鸣的时候，就连杯中普通的乌苏啤酒也变成了难得一见的佳酿。

庭前花开花落，年复年。世事半梦半醒，日复日。不让自己置身事外，至少要有感受力，生命的温热以及现世的疯狂与冰凉，哪怕只是一声叹息。于是，有了日常碎碎念般的意识流诗体，丰盈着生命的热烈和美好。轻度流年，深吻浮萍，灵魂安放的地方，便是诗歌的乐土。

《开卷·书品——见地》的样稿到了我的手上，前前后后翻阅了三次，如姬老师说过的那般，它只关于各人的思想，各人的风格，没有束缚，也没有边框。

喜欢开卷说：

——在某种意义上，文化区别于道德的地方在于：道德通的是心，文化通的是空间。

——人们沿着水面边缘小心而怡然地走步

没有了往日的躁气

喜欢云想衣裳说：

——我从来不曾见过他的微笑，就像他从没有看穿我拼命压抑着的赤裸裸的欲望，我想要，发疯似的想要，想要得要命，想要他那双碧绿碧绿的眼睛，想霸占，想显摆，想炫耀，几乎要着起火来。

喜欢李迁说：

——一盏灯　亮了一宿

没照见　几个回家的酒鬼

自然也无法　和落地的雪花

打声冒着冷气的招呼

喜欢一骥红尘说：

——在路上，

有很多陌生的面孔从身边走过，

他们的身影不似我，

这般孤独；

他们的表情不似我，

这般落寞；

他们的眼神不似我，

这般凄惶。

愿《开卷》如星河璀璨。

感 谢

本书的形成，离不开开卷读书会诸位作者和特约作者的热情加入和支持。在此，对参加本书作品呈现的八位作者表达真诚的感谢。同时也对开卷读书会其他读者对读书会的长期参与和支持表示感谢。